Georges

le petit curieux

Panique à la chocolaterie !

MARGRET & H.A.REY

Illustrations de Vipah Interactive d'après H. A. Rey

NATHAN

Traduit de l'anglais par Alice Marchand.

Conforme à la loi n° 49.956 du 16 juillet 1949
sur les publications destinées à la jeunesse.
© Nathan / VUEF, 2002

© 1998 Houghton Mifflin Company
Publié en langue anglaise sous le titre Curious George goes to a chocolate factory.
Based on the character of Curious George®, created by Margret and H. A. Rey.
The character Curious George, including without limitation the character's name in french
and english and any variations, translations or local versions thereof and the character's
likenesses, are trademarks of Houghton Mifflin Company.

Dépôt légal : octobre 2002
ISBN : 2-09-250165-8
N° d'éditeur : 10095662

Ça, c'est Georges.

Comme tous les petits singes, Georges est curieux...
parfois même un peu trop.
Aujourd'hui, Georges part faire un tour en voiture avec son ami,
l'homme au chapeau jaune.

– Tu as vu cette usine, Georges ? C'est une chocolaterie.
Regarde, il y a une boutique !

Si on allait s'acheter
du chocolat ?

4

Le chocolat, Georges adore ça.
Dans la boutique, il y a des boîtes partout,
mais l'homme au chapeau jaune repère
tout de suite ses chocolats préférés.
– Georges, dit-il, attends-moi ici pendant
que je vais payer.

Et ne fais pas de bêtises,
s'il te plaît.

Georges fait le tour de la boutique.

Tiens, des cerises enrobées de chocolat !

Miam, des sucettes !

Oh, un petit lapin en chocolat !

Et là, il y a des gens devant une fenêtre...
Georges est curieux.

Qu'est-ce qu'ils peuvent
bien regarder ?

Il grimpe pour atteindre la fenêtre. À travers la vitre, il voit des plateaux remplis de petites boules marron. Qu'est-ce que ça peut bien être, ces petites boules marron ?

Georges est curieux.

Il trouve une porte et se faufile de l'autre côté.

Les petites boules marron, c'est du chocolat, bien sûr ! Une dame explique aux visiteurs comment reconnaître chaque sorte de chocolat grâce au tortillon qui est dessus.

Ce tortillon signifie
chocolat fondant,

celui-là veut dire
fourré au caramel,

et ce gribouillis désigne
le chamallow.

Cette petite crotte,
c'est pour les truffes,

avec ce zigzag,
c'est au nougat,

avec ces boucles,
c'est à l'orange.

Et ça, c'est le préféré de Georges :
le chocolat à la crème de banane.

Georges suit la visite. Le groupe arrive devant l'atelier où on fabrique les chocolats. Des ouvriers les récupèrent à la sortie des machines et les placent dans des boîtes.

Alors les voilà, les machines qui fabriquent les chocolats
avec leurs tortillons ! Les chocolats en sortent sur de longs
tapis roulants.

Mais comment ça se passe à l'intérieur ?

Georges est curieux.

Il descend dans l'atelier...

...et grimpe sur
une machine.

Georges jette un coup d'œil
à l'intérieur.
Il essaie de voir comment
les tortillons sont fabriqués,

lorsque soudain...

... les chocolats
se mettent à sortir
de plus en plus vite !

On dirait qu'ils courent !

– Vite ! D'autres boîtes ! crie un monsieur
avec un grand chapeau blanc.
– Que se passe-t-il ? demande un autre.
Personne ne répond. Ils ne comprennent pas
ce qui arrive et ils sont si occupés
qu'ils n'ont pas remarqué Georges.

Les ouvriers sont vite débordés et les chocolats qui arrivent au bout
du tapis roulant tombent par terre.
– Les chocolats ! Ils vont être perdus ! hurle l'homme à la toque blanche.

Georges voit alors un chocolat à la banane passer
sous son nez. C'est son préféré ! Il essaie de l'attraper,

mais ça va trop vite !

Il s'élance sur le tapis roulant à la poursuite du chocolat.

Au bout du tapis, les chocolats s'entassent...

Georges n'en a jamais vu autant !

Tout en cherchant son chocolat à la crème de banane, il range les autres dans des boîtes vides.

Georges travaille vite. Quelqu'un le remarque et crie :
– Apportez d'autres boîtes à ce singe ! Il nous aide à rattraper le retard !

Les chocolats ne finissent pas tous dans des boîtes, mais plus un seul ne tombe par terre...

Grâce à Georges, tout rentre dans l'ordre. C'est alors que la dame de la visite arrive en courant avec l'homme au chapeau jaune.

– Faites sortir ce singe d'ici ! hurle-t-elle. À cause de lui, tous nos chocolats vont être fichus !

– Mais non, ce petit singe a sauvé nos chocolats, expliquent les ouvriers.

L'homme à la toque blanche dit à Georges :
– Tu as peut-être fait quelques bêtises, mais tu nous as drôlement
bien aidés, finalement. Tu mérites une grande boîte de chocolats !
Georges est content de ne pas se faire gronder,

mais il ne prend pas les chocolats.

Georges et son ami remontent dans leur voiture. Tous les ouvriers viennent leur dire au revoir.

– Avant qu'on s'en aille... tu es bien sûr que tu ne veux pas de chocolats, Georges ? demande l'homme au chapeau jaune.

Oh oui, Georges en est sûr, tout à fait sûr !